Chris Riddell

1 • Vit à Brighton, au bord de la mer, avec sa femme et ses trois enfants.

2 • Écrit et illustre des livres.

Il y a ceux qu'il fait tout seul...

... et ceux qu'il fait avec Paul Stewart.

3 • Dessine une petite bande dessinée tous les dimanches pour un magazine.

4 • A deux trucs comme ça dans une boîte où il garde ses trésors... et un truc comme ça de chaque sur l'étagère de son fils Jack.

5 • Sa première veste d'uniforme scolaire était noire bordée de vert et il était très mal à l'aise dedans. → (Si vous voulez en savoir plus, allez faire un tour sur www.panmacmillan.com/chrisriddell)

Traduit de l'anglais par Amélie Sarn

Retrouvez Apolline
et monsieur Munroe dans :
Apolline et le chat masqué

Titre original : *Ottoline Goes to School*
Text and illustrations copyright © Chris Riddell 2008
First published in 2008 by Macmillan Children's Books
a division of Macmillan Publishers Limited, London

Pour l'édition française :
© 2009, Éditions Milan, 300 rue Léon-Joulin,
31101 Toulouse Cedex 9, France
Loi 49-956 du 16 juillet 1949
sur les publications destinées à la jeunesse
ISBN : 978-2-7459-3609-7
www.editionsmilan.com

CHRIS RIDDELL

APOLLINE
ET LE FANTÔME
DE L'ÉCOLE

À ma sœur, Lynn

Chapitre un

Apolline vivait dans l'appartement 243 de la tour P. W. Huffledinck, que tout le monde surnommait le Poivrier.

LE POIVRIER

LA TOUR POINTUE

APPARTEMENT 243

LA BOÎTE À CHAUSSURES

LE CORNET DE GLACE

APOLLINE
AIME RÉSOUDRE LES PROBLÈMES DIFFICILES ET CONCEVOIR DES PLANS HABILES DANS SON CARNET.

LE PARC PÉTIGROS ET SON JARDIN ORNEMENTAL

Les parents d'Apolline étaient collectionneurs
et voyageaient partout dans le monde.
Ils n'étaient presque jamais à la maison,
mais des tas de gens s'occupaient d'Apolline
et elle n'était jamais seule. Son meilleur ami,
monsieur Munroe, lui tenait compagnie.

JEAN-PIERRE

DE LA COMPAGNIE
« UN REPAS COMME
À LA MAISON »

PAUL

DU SERVICE
DE MÉNAGE
MAC BEAN

KATE ET TERESA

DE SMITH ET SMITH
TECHNICIENS RAPETASSEURS
D'OREILLERS ET TIREURS
DE RIDEAUX

MADAME
WONG

DU DRAGON
SOURIANT PLIAGE
DE VÊTEMENTS

GÉRALDINE ET
GÉRALDINE

DU JOYEUX NID
FAISEURS DE LIT

MARION

DE MARION
ACCESSOIRES
DE SALLE
DE BAINS

M. MUNROE

DE NORVÈGE

GRAND DOUG

DE L'ENTREPRISE
DE POLISSEURS
DE POIGNÉES
DE PORTE,
RECOMMANDÉS
PAR LE MINISTÈRE
DES INTÉRIEURS

LES GARS

DE 1000 WATTS,
CHANGEURS
D'AMPOULES
ÉLECTRIQUES

Les parents d'Apolline étaient loin
mais ils restaient en contact avec leur fille
en lui envoyant des cartes postales.

Un grand bonjour
du Festival de décoration
d'élan de Nome.

Très chère A.
Décorer un élan est
très amusant, mais
aussi très fatigant!
Papa t'embrasse
tendrement,
        Maman.

PS : Fais attention
sur la balançoire!

NORD
22.02.08
GLACÉ

Mademoiselle A. Brun
Appartement 243
Immeuble Poivrier
Troisième Rue
Grande Ville 3001

QUAND APOLLINE VEUT ÉCRIRE
À SES PARENTS, ELLE ENVOIE SES LETTRES
À LA SOCIÉTÉ DES COLLECTIONNEURS
ITINÉRANTS QUI SE CHARGE DE FAIRE
PARVENIR LE COURRIER À SES MEMBRES
OÙ QU'ILS SE TROUVENT.

LUNDI :
LUNETTES
DE SOLEIL

MARDI :
MANTEAU

MERCREDI :
SALOPETTE

JEUDI :
OREILLETTES
À FOURRURE

VENDREDI :
PULL-OVER

9

SAMEDI :
CHAPEAU DE PAILLE

DIMANCHE :
LUNETTES RIGOLOTES

(UNIQUEMENT
POUR L'INTÉRIEUR)

APOLLINE PORTE
SON MANTEAU
DU MARDI.
ELLE POSSÈDE
UN VÊTEMENT OU
UN ACCESSOIRE
POUR CHAQUE JOUR
DE LA SEMAINE.

Un matin, Apolline et monsieur Munroe
se promenaient dans le jardin ornemental
du parc Petigros. C'était un mardi et, le mardi,
ils aimaient rendre visite aux tortues du bassin.

C'est là qu'ils rencontrèrent Cécilie Forbes-Laurence, troisième du nom, et Bredouille, son poney de Patagonie.

ARBRE À CHAMALLOWS
DE L'EST DE LONDRES

TAILLIS DU
NORFOLK

ARBUSTE TOUFFU
D'AFRIQUE DE L'EST

BUISSON ERRANT DU PORTUGAL

ARBUSTE TOUFFU D'AFRIQUE DU SUD

MÛRIER NORVÉGIEN

PALMIER NAIN DU CAIRE

ARBRISSEAU VIOLET DE PENANG

PETITS ARBRES DU MONDE ENTIER

VEUILLEZ NOURRIR LES TORTUES

— J'aime bien ton poney, dit Apolline.

— Merci, répondit Cécilie. Bredouille vient de Patagonie. J'aime bien ton chien.

— Monsieur Munroe n'est pas un chien, rit Apolline.

Apolline et Cécilie donnèrent aux tortues
des biscuits rassis que monsieur Munroe avait
apportés exprès. Cécilie raconta à Apolline
l'histoire fascinante d'un garçon
qui avait des pieds si énormes
qu'il les utilisait comme
parasol.

LE GARÇON AUX ENORMES PIEDS

— … et après, Rupert est devenu champion du monde junior de marelle, mais c'est une autre histoire, conclut Cécilie. Je dois rentrer maintenant. Il faut que je brosse la crinière de Bredouille.

— Je peux venir t'aider ? demanda aussitôt Apolline.

Elle adorait brosser et coiffer, mais monsieur Munroe détestait qu'elle le brosse ou le coiffe.

— Peut-être une autre fois, répondit Cécilie en partant vers le labyrinthe ornemental… Et puis, ajouta-t-elle, ton chien aussi a besoin d'un coup de brosse.

— Elle a l'air gentille, remarqua Apolline après le départ de Cécilie.

Monsieur Munroe, lui, resta silencieux.

Le lendemain, Apolline rencontra
Cécilie sur le pont ornemental.

Elles jouèrent à jeter des brindilles dans l'eau.
Monsieur Munroe était allé chercher
ces brindilles exprès.

Cécilie raconta à Apolline l'histoire
de son grand-oncle Oscar, le pirate incompris.

— … à la fin, il avait
quatre perroquets, deux
sur chaque épaule, dit Cécilie.
Malheureusement, ils n'ont été
d'aucune aide quand son pantalon
a pris feu… enfin, c'est une autre histoire.
Je dois rentrer maintenant. J'emmène Bredouille
à son cours de saut d'obstacles.

— Je peux venir ? demanda aussitôt Apolline.
Monsieur Munroe ne prenait aucun cours.
Il était bien trop timide.

— Peut-être une autre fois, répondit Cécilie
en s'éloignant vers la forêt de bonsaïs. Attention,
ton chien a laissé tomber ton parapluie.

— Je l'aime bien, dit Apolline après
le départ de Cécilie. Elle raconte des histoires
extraordinaires.

Monsieur Munroe ne l'entendit pas.
Il était allé repêcher le parapluie
au fond du ruisseau ornemental.

Il revint trempé jusqu'aux os.

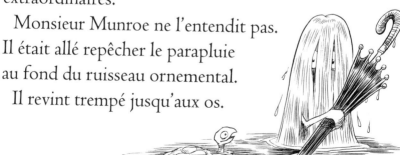

Le lendemain, Apolline rencontra Cécilie au parc…

... et le jour suivant...

... et celui d'après.

MABEL PETTIGROW

— . . . et ils n'ont rien trouvé d'autre qu'un squelette avec une cravate à pois bleus, dit Cécilie.

— Incroyable ! s'exclama Apolline. Je dois y aller maintenant. Monsieur Munroe déteste la pluie et puis, c'est presque l'heure du dîner.

— Je peux venir ? demanda Cécilie.

— Bien sûr ! répondit aussitôt Apolline. Monsieur Munroe et moi serions ravis ! N'est-ce pas, monsieur Munroe ?

Monsieur Munroe resta silencieux.

Apolline ne s'en rendit pas compte, elle était trop occupée à rattraper Cécilie qui marchait déjà en direction du Poivrier.

Chapitre deux

Apolline et Cécilie prirent le thé sur le canapé Beidermeyer.

Cécilie décrivit sa famille à Apolline. Son père avait un poste très important dans la banque de Grande Ville. Il avait des rendez-vous toute la journée et, quand il rentrait à la maison, il avait encore des rendez-vous pour préparer les rendez-vous du lendemain. Sa secrétaire s'appelait mademoiselle Hochet et c'est elle qui organisait tous ses rendez-vous.

BREDOUILLE DEVANT UNE SOUCOUPE DE LAIT

CÉCILIE A POSÉ UNE SOUCOUPE PAR TERRE POUR M. MUNROE.

MLLE HOCHET

Si Cécilie voulait que son père lui lise une histoire, elle devait demander un rendez-vous à mademoiselle Hochet très longtemps à l'avance. Du coup, elle ne le faisait jamais.

APOLLINE EST TRÈS IMPRESSIONNÉE PAR LA MANIÈRE DISTINGUÉE AVEC LAQUELLE CÉCILIE BOIT SON THÉ.

THÉIÈRE À DOUBLE BEC DE LA COLLECTION DE THÉIÈRES DES PARENTS D'APOLLINE

La mère de Cécilie avait un poste très important au musée d'Art moderne de Grande Ville. Elle assistait à un cocktail presque chaque soir. Quand elle n'allait pas à des cocktails, elle en organisait chez elle. Sa secrétaire s'appelait mademoiselle Diquette et c'est elle qui s'occupait des cocktails. Si Cécilie voulait que sa mère vienne la border, elle devait s'adresser à mademoiselle Diquette, très longtemps à l'avance. Du coup, elle ne le faisait jamais.

— … Moi, ça m'est égal, dit Cécilie, mais j'ai un peu de peine pour Bredouille. Père et Mère sont tellement occupés qu'ils ne font jamais attention à lui, et les poneys de Patagonie sont très sensibles.

— C'est vrai ? s'écria Apolline en remplissant de nouveau les deux tasses de thé.

Elle ajouta :

— Nous devrions prendre le thé ensemble plus souvent.

Cécilie secoua la tête.

— Ce ne sera pas possible. Je reprends l'école la semaine prochaine.

Mlle DIQUETTE

— L'école ? répéta Apolline.

— Oui, soupira Cécilie. L'École Alice B. Dupont pour aider chacun à découvrir son don spécial.

— Ça a l'air chouette ! s'enthousiasma Apolline.

— Ça ne l'est pas du tout, corrigea fermement Cécilie. Tiens, au fait, où est ton chien ?

Monsieur Munroe était sur le toit du Poivrier. Il allait toujours là quand il était triste. Apolline était sa meilleure amie et il ne voulait pas la partager.

Depuis que le professeur Brun avait trouvé
monsieur Munroe dans un marais en Norvège
et l'avait ramené pour qu'il vive avec eux,
Apolline et lui étaient inséparables.

Ensemble, ils avaient vécu toutes sortes
d'aventures.

Comme la fois où ils étaient allés à la mer…

33

VOUS POUVEZ
EN APPRENDRE
PLUS EN LISANT
« APOLLINE
À LA MER ».

… et la fois où ils avaient attrapé le Chat
masqué, célèbre voleur de bijoux.

VOUS POUVEZ
EN APPRENDRE
PLUS EN LISANT
« APOLLINE ET LE
CHAT MASQUÉ ».

Mais c'est une autre
histoire.

Le soleil apparut et une brise tiède ébouriffa
monsieur Munroe. Il ne voyait pas souvent
le soleil dans son marais en Norvège. Il était

mieux sur le toit du Poivrier que dans un marais
humide. Il était heureux qu'Apolline soit
sa meilleure amie, et Cécilie n'était pas si terrible
que ça, après tout.

Quand monsieur Munroe descendit du toit,
Cécilie et Bredouille étaient partis.
— Tu te sens mieux ? lui demanda Apolline.
Monsieur Munroe acquiesça.
— Tant mieux ! lança Apolline.
Parce que j'ai conçu un plan habile !
Monsieur Munroe s'assit
en soupirant sur le fauteuil
à bascule Beidermeyer.
— J'ai demandé
à Maman et Papa
de nous envoyer
à l'école !

PAR PIGEON VOYAGEUR

Professeur
et professeur Brun
À la Société
des collectionneurs
itinérants

Chers Maman et Papa,

Je crois qu'il est temps pour moi d'aller à l'école.
Ma nouvelle amie, Cécilie Forbes-Laurence, troisième
du nom, va à l'École Alice B. Dupont pour aider
chacun à découvrir son don spécial et elle boit
son thé comme personne. Monsieur Munroe et moi
aimerions découvrir notre don spécial,
afin de pouvoir vous aider à collectionner
quand nous serons grands.

Gros bisous,

A.

PS : Je donne cette lettre à Max, il vous la déposera
en faisant sa tournée. Répondez vite !

LA LETTRE D'APOLLINE
À SES PARENTS

Chapitre trois

Deux jours plus tard, monsieur Munroe trouva sur le paillasson une carte postale et un paquet enveloppé de papier brun.

Grand bonjour
du Festival
des calaos
du Sarawak

Très chère A.
Je suis très heureuse
d'apprendre que tu as envie
d'aller à l'école. Nous avons
contacté l'école Alice
B. Dupont et ils sont ravis
de t'accepter.

      Papa t'embrasse.
      Bisous, Maman

PS : Ta valise est dans
le placard.

Mademoiselle A. Brun
Appartement 243
Immeuble Poivrier
Troisième Rue
Grande Ville 3001

Monsieur Munroe apporta le paquet
et la carte à Apolline, qui était occupée
à ranger sa collection de chaussures
orphelines.

38

À CHAQUE FOIS
QU'APOLLINE ACHÈTE
UNE PAIRE DE
CHAUSSURES, ELLE EN
GARDE UNE ET AJOUTE
AUSSITÔT L'AUTRE
À SA COLLECTION.

Apolline lut la carte et ouvrit le paquet.

CHAPEAU

ROBE

VESTE

39

VOICI CE QUE CONTENAIT LE PAQUET.

CRAVATE

CHEMISES

TABLIER

PYJAMA

SOUS-VÊTEMENTS

M. MUNROE A GARDÉ LA FICELLE POUR L'AJOUTER À LA PELOTE QU'IL GARDE DANS SA CHAMBRE.

– Merci, monsieur Munroe, dit Apolline. Allons vite faire nos bagages !

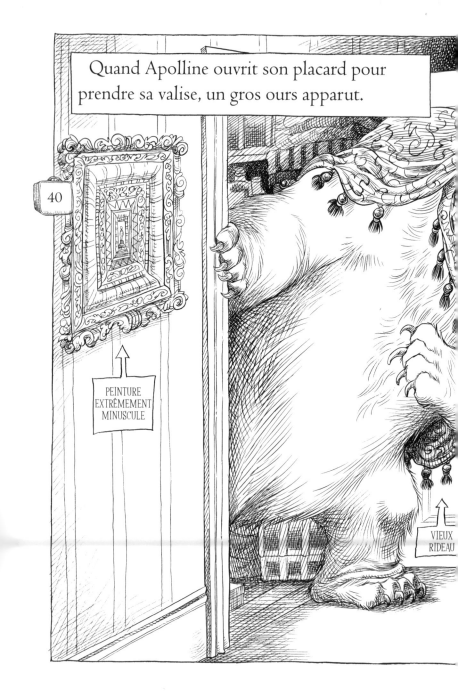

Quand Apolline ouvrit son placard pour prendre sa valise, un gros ours apparut.

40

PEINTURE EXTRÊMEMENT MINUSCULE

VIEUX RIDEAU

L'OURS VIT DANS LA CAVE DU POIVRIER, MAIS PARFOIS, QUAND IL FAIT TROP FROID, APOLLINE LE LAISSE DORMIR DANS LE PLACARD.

JARRES À CORNICHONS DE POMÉRANIE

— Bonjour, dit Apolline à l'ours. Tu veux bien me passer ma valise, s'il te plaît ?

— Bien sûr, répondit l'ours en fouillant dans le placard. Tu pars en vacances ?

— Je vais à l'École Alice B. Dupont pour aider chacun à découvrir son don spécial, déclara fièrement Apolline. Tu peux m'aider à faire ma valise si tu veux.

— Avec plaisir, accepta l'ours. Je m'occuperai
de l'appartement pendant ton absence…
je suis sûr qu'il va neiger.

L'OURS N'EST JAMAIS ALLÉ
À L'ÉCOLE, MAIS IL SEMBLE
SAVOIR EXACTEMENT CE
DONT APOLLINE A BESOIN.

43

INVITATION
AU
PIQUE-NIQUE
CLUB DANS LES BOIS

pour une personne + un ami

DE MINUIT   NŒUD PAPILLON
À TARD   EXIGÉ

L'OURS A
BEAUCOUP
VOYAGÉ. C'EST
POUR ÇA QU'IL
EST SI FORT
POUR FERMER
LES VALISES.

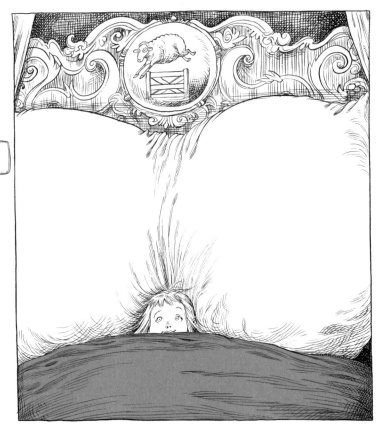

Cette nuit-là, Apolline était si excitée
qu'elle ne parvint pas à s'endormir. Elle n'était
jamais allée à l'école. Elle avait appris tout
ce qu'elle savait grâce aux cours que ses parents,
le professeur et la professeur Brun,
lui envoyaient chaque semaine.

Parfois, ils étaient
très difficiles.

Parfois, très
compliqués…

Et parfois…

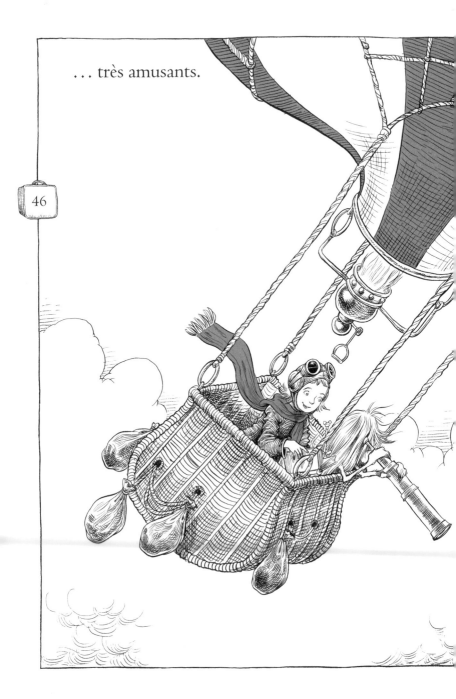

... très amusants.

46

Apolline avait beaucoup d'amis à Grande
Ville…

L'OURS
DE LA CAVE

VIVIENNE
DU MAGASIN
DE CHAUSSURES DE
LA TROISIÈME RUE

Mme PASTERNAK
DE L'APPARTEMENT
244 ET SON SINGE
APPRIVOISÉ,
MORRIS

MAX, LE
LIVREUR
DE
JOURNAUX

M. MUNRO

… mais comme elle n'était jamais allée
à l'école, elle n'avait pas de camarades de classe.

Apolline était impatiente d'aller à l'École Alice
B. Dupont pour aider chacun à découvrir
son don spécial avec son amie Cécilie.
Si impatiente qu'elle n'arrivait pas à dormir.

Monsieur Munroe non plus ne trouva pas
le sommeil.

Chapitre quatre

A u matin, Apolline et monsieur Munroe dirent au revoir à l'ours et se rendirent à l'arrêt de bus au coin de la Troisième Rue et du Moulin-à-Vent. Un bus jaune apparut.

BUS SCOLAIRE

— Tu dois être Apolline
Brun, lança la conductrice
du bus. Grimpe !
Apolline monta
dans le bus jaune.
— Bienvenue à bord,
l'accueillit la conductrice.
Je suis Alice B. Dupont
et voici mes élèves,
qui ont tous découvert
leur don spécial.
Alice B. Dupont présenta
tout le monde à Apolline.
Il y avait Brian, le fils de l'homme invisible,
et son chien Rafistole. Puis les sœurs Watt,
Orvillise et Wilberta, accompagnées de leur
toucan, Richard. Derrière elles, étaient assis
la sultane de Pahang et Coucou, son éléphant
à poils longs. Ensuite, venait la nouvelle amie
d'Apolline, Cécilie, avec son poney Bredouille.
Et dans le fond, Newton King, le petit génie,
et son robot Briquébroque.

Apolline s'assit à côté de Cécilie. Le bus vibra avant de démarrer en bringuebalant.

Alors qu'ils traversaient Grande Ville, Cécilie demanda à Apolline :

— Je t'ai déjà raconté la fois où j'ai pêché une sirène ?

— Je ne crois pas, répondit Apolline. Ça a l'air fascinant.

Le bus quitta Grande Ville et se dirigea
vers les montagnes.

Ils arrivèrent enfin devant un grand manoir tout en haut d'une montagne.

Un immense majordome ouvrit
la porte du manoir.

— Nous sommes arrivés, annonça Alice
B. Dupont avec un sourire. Quel bonheur
d'être chez soi ! Karkass va vous conduire
à vos chambres. Dormez bien, les cours
commencent demain à treize heures précises.

L'ÉCOLE
ALICE B.
DUPONT

AILE EST

AILE OUEST

ÉCURIES

63

GARAGE

ÉCOLE ALICE B. DUPONT

① CHAMBRE DES FORBES-LAURENCE
② DORTOIR DES FILLES
③ DORTOIR DES GARÇONS
④ SALLE D'ARTS PLASTIQUES
⑤ PELOUSE DE CROQUET
⑥ SALLE À MANGER
⑦ BIBLIOTHÈQUE
⑧ ESCALIER
⑨ BUREAU D'ALICE B. DUPONT
⑩ CHAMBRE DE KARKASS
⑪ CHAMBRE D'ALICE B. DUPONT
⑫ GYMNASE

Tous les enfants suivirent Karkass le majordome dans l'immense escalier. Des portraits des anciens élèves de l'École Alice B. Dupont pour aider chacun à découvrir son don spécial, étaient accrochés au mur.

LE NABAB
DE SOB

RAZIBUS
MAC STEWART
MAGNAT DES
RÉFRIGÉRATEURS

DOTTIE NIOUWETTE
YODLEUSE
D'OPÉRA

64

Karkass conduisit les élèves à leurs chambres.

— Ton chien doit dormir avec les autres
animaux, dit Cécilie. Dans l'aile Est.

— À demain matin, lança Apolline
à monsieur Munroe.

PAR BALLON

Professeur
et professeur Brun
À la Société
des collectionneurs
itinérants

Chers Maman et Papa,

69

Je partage une chambre avec mon amie,
Cécilie Forbes-Laurence, troisième du nom.
Sa grand-mère s'appelait aussi Cécilie
Forbes-Laurence. C'était une chanteuse
d'opéra très célèbre. Je n'ai pas encore
découvert mon don spécial.

Gros bisous,

A.

PS : Je donne cette lettre à Karkass, le majordome.
Il la déposera à la Société en faisant les courses.
Répondez-moi vite !
PPS : Cécilie ne dort pas très bien. Elle s'inquiète
pour Bredouille. Elle dit qu'il a envie de rentrer chez eux.

Chapitre cinq

Le lendemain matin, à treize heures, Alice B. Dupont donna aux élèves leur emploi du temps…

L'HORLOGE DE L'ÉCOLE

ALICE B. DUPONT PENSE QUE LA MANIÈRE DONT ON S'HABILLE EST TRÈS IMPORTANTE ET QUE LE CHIFFRE NEUF PORTE MALHEUR. ELLE NE CROIT PAS AUX MERCREDIS.

	LUNDI	MARDI	JEUDI	VENDREDI	LE WEEK-END
LEÇON 1	ENTRAÎNEMENT À LA POSTURE ASSISE	OBSERVATION	ÉTUDE DE RIRES	COMPÉTENCES UTILES	**DÉVELOPPEMENT PERSONNEL**
LEÇON 2	PLIAGE DE PAPIER	APPARENCE	ATELIER DE PLEURS	COMPÉTENCES INUTILES	
APRÈS-MIDI	DÉJEUNER	PIQUE-NIQUE	BATAILLE DE GÂTEAUX	BANQUET	
	RÊVERIE APPLIQUÉE	COURS DE FAIRE-COMME-SI	CLASSE DE DÉGUSTATION DE THÉ	CHŒUR DE SIFFLOTEMENT	
SOIRÉE	TEMPS LIBRE				
	COUCHER				

... puis les cours commencèrent.

LUNDI

ENTRAÎNEMENT
À LA POSTURE ASSISE

POSITION CORRECTE
SUR UN OTTOMAN

PLIAGE DE PAPIER

LES INVITATIONS
À CINQ PLIS

DÉJEUNER

UN TRUC
MARRON ET
FILANDREUX

UN TRUC VERT
ET PÂTEUX

UN TRUC
JAUNE ET
GÉLATINEUX

RÊVERIE APPLIQUÉE

RÊVER
EN REGARDANT
LES NUAGES

CARNET
D'APOLLINE

Bruits étranges
dans la nuit... faire
des recherches.

Brian, le garçon
invisible,
tout nu !

Je trouve que la rêverie
appliquée, c'est très
difficile.

72

73

MARDI

OBSERVATION

PRENDRE L'APPARENCE D'UNE HAIE

APPARENCE

OBSERVATION D'AIGLES

74

COURS DE FAIRE-COMME-SI

FAIRE-COMME-S ON ÉTAIT UNE PRINCESS

PIQUE-NIQUE

SANDWICH CONFITURE ET PÂTE D'ANCHOIS DE KARKASS

CARNET D'APOLLINE

M. Munroe pense qu'un don spécial, ça ressemble à un cadeau. Il cherche le mien dans toute l'école.

Cécilie est très forte pour faire-comme-si elle était une princesse.

JEUDI

ÉTUDE DE RIRES

RIRE SILENCIEUX

RENIFLEMENTS DISCRETS

76

ATELIER DE PLEURS

LA TRISTE HISTOIRE DE LIONEL

BATAILLE DE GÂTEAUX

CLASSE DE DÉGUSTATION DE THÉ

BOIRE SON T D'UNE FAÇO DISTINGUÉE

Mes nouveaux amis

La sultane   Orvillise   Wilberta

NB : Encore des bruits dans la nuit.

CARNET D'APOLLINE

La sultane vit dans un palais au milieu de la jungle.

Les parents d'Orvillise et Wilberta sont fabricant d'objets volants.

77

VENDREDI

COMPÉTENCES UTILES

MARRON

COMPÉTENCES INUTILES

ROT

BANQUET

CHŒUR DE SIFFLOTEMENT

À LA CLAIRE FONTAINE

SAUCISSES-
PURÉE À LA
KARKASS

Newton King est
le garçon le plus
intelligent du mon
mais en rot, je su
plus forte
que lui !
Cécilie dit que
Bredouille veut
absolument
rentrer chez lui

CARNET
D'APOLLINE

79

Le vendredi soir, Apolline vint rendre visite
à monsieur Munroe dans l'aile Est.

— J'ai eu une semaine bien remplie ! lui dit-elle.
Les cours d'apparence et la classe de dégustation
de thé, le pliage de papier et le sifflotement…

Monsieur Munroe avait été bien occupé
lui aussi. Il avait passé beaucoup de temps
à chercher le don spécial d'Apolline. Il était
sûr qu'il se trouvait quelque part dans l'école.
D'ailleurs, le matin même, c'est en continuant

sa recherche qu'il avait aperçu Bredouille,
le poney de Patagonie, s'engouffrer
dans un très long couloir. Monsieur Munroe
allait le dire à Apolline quand Cécilie apparut
et les interrompit :

— Je déteste les week-ends ! se plaignit-elle.
On est obligés d'aller au cours
de développement personnel.

— C'est quoi ? demanda Apolline.

— Tu verras, rétorqua Cécilie. Mais d'abord,
tu es invitée à ma soirée pyjama !

Elle jeta un coup d'œil à monsieur Munroe.

— Les chiens ne sont pas admis, ajouta-t-elle.

Chapitre
six

Cécilie reçut les hôtes de sa soirée pyjama
dans son lit à cinq colonnes.

— Tu as la plus belle chambre, déclara Wilberta.

Cécilie haussa les épaules.

— Je sais, mais je préfère ma chambre
à la maison. Elle est beaucoup plus grande.

Elle examina ses ongles et ajouta :

— Et puis, au moins, ma chambre
à la maison n'est pas hantée.

— Hantée ? s'exclamèrent
les enfants en chœur. L'école
Alice B. Dupont est hantée ?

— Bien sûr, répondit Cécilie
en bâillant. Vous ne le saviez
pas ?

Elle fit une pause avant de reprendre :

— Il était une fois une jeune professeur
qui s'appelait Alice Brunehilde Dupont.
Sa meilleure amie était une merveilleuse
chanteuse d'opéra du nom de Cécilie. Alice jouait
du piano pour son amie et l'aidait à apprendre
ses rôles. Un jour, Cécilie, devenue célèbre,
est tombée amoureuse d'un magnat de l'huile
de foie de morue dont le frère était un pirate
très connu. Mais c'est une autre histoire...

«Quoi qu'il en soit, Alice décida de se consacrer à une nouvelle activité et elle prit la route dans son véhicule à trois roues Armstrong-Siddley. Par un mercredi sombre et venteux, alors qu'il faisait nuit, son Armstrong-Siddley tomba en panne sur une route de montagne isolée, à des kilomètres de tout lieu habité…

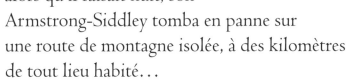

— J'ai peur, souffla Orvillise.

— Continue, chuchota

Apolline.

— Alice vit soudain une lumière au loin, reprit Cécilie. Et elle décida d'aller demander de l'aide.

«Alice frappa à la porte et attendit.
Elle entendit des pas lourds qui approchaient,
un cliquetis de clés et, dans un grincement
aigu, la porte s'ouvrit…

— J'ai peur, souffla Wilberta.
— Continue, chuchota Apolline.

— Devant Alice, poursuivit Cécilie, se tenait un jeune homme avec des grosses chaussures et les cheveux ébouriffés. "Bonjour, salua-t-il. Bienvenue au château de Hammerstein. Je m'appelle Hector Hammerstein. Puis-je vous aider ?" "Ma voiture est tombée en panne, expliqua Alice. Je ne sais pas si…" "Ne vous inquiétez de rien, la rassura Hector. Je vais demander à Karkass d'aller la chercher et de l'apporter dans mon laboratoire.

« À cet instant, il y eut un éclair suivi d'un terrible coup de tonnerre ; un monstre énorme apparut dans l'encadrement de la porte. Hector Hammerstein dit à Alice de ne pas avoir peur, le monstre s'appelait Karkass et n'était autre que le majordome. Il avait été créé par le père d'Hector, le scientifique fou Dudley Hammerstein. Karkass n'était pas un mauvais bougre, expliqua Hector, et il tenait parfaitement bien la maison. La seule chose effrayante chez lui était son goût excessif pour les sandwichs confiture-pâte d'anchois.

87

— Et le fantôme ? voulut savoir la sultane de Pahang.

— J'y arrive, dit Cécilie. Karkass apporta la voiture dans le laboratoire et Hector entreprit de la réparer. Cela lui prit un peu de temps, mais Alice fut très impressionnée par son savoir-faire. "Hector, déclara-t-elle quand

il eut

terminé, je suis très impressionnée par votre savoir-faire. Je pense que vous avez découvert votre don spécial." Au même moment, l'horloge sonna neuf heures…

CETTE HISTOIRE
FICHE LA TROUILLE...

J'AI PEUR !

J'AI
LA FROUSSE

... ET TOUTES LES LUMIÈRES S'ÉTEIGNIRENT...

91

MOI AUSSI !

ET APRÈS, CÉCILIE, IL S'EST PASSÉ QUOI ?

ET MOI...

— Quand les lumières se rallumèrent,
la voiture d'Alice était en pièces. Elle avait été
pulvérisée. Sur la carrosserie, on distinguait
des traces de fer à cheval.

« "La malédiction du cheval des Hammerstein !
s'écria Hector, pâle et tremblant. Mon père
a mis au rebut l'attelage familial et l'a remplacé
par une limousine de luxe. Le cheval de notre
écurie ne le lui a jamais pardonné. Même
après avoir mené une brillante carrière
de croquet attelé, il a juré de revenir hanter
le château pour se venger !"

"C'est fascinant", dit Alice. "Cette fois, s'emporta Hector, c'est le coup de sabot qui fait déborder le vase ! Je ne suis pas taillé pour être un scientifique fou. J'ai peut-être une coiffure et des chaussures ridicules, mais le cœur n'y est pas. Je vous laisse le manoir, je pars vivre en ville !" Hector partit donc. Il ne fut pas long à trouver le succès avec son "Entreprise Hammerstein de réparation des carrioles sans chevaux". Alice resta et créa l'École pour aider chacun à découvrir son don spécial, poursuivit Cécilie. Mais durant certaines nuits d'orage, le cheval des Hammerstein réapparaît pour se venger des terribles souffrances qu'il a subies, en effrayant tous ceux qui tombent sous ses sabots… Ou pire…

— Pire ? soufflèrent en chœur Wilberta, Orvillise, Brian, Newton et la sultane de Pahang.

Cécilie bâilla.

— Maintenant, il est l'heure de dormir, annonça-t-elle.

Tout le monde alla se coucher…

94

... mais personne ne dormit très bien...

DANS LA CHAMBRE
DES FORBES-LAURENCE

Bou
hou
hou!

95

... sauf Apolline.

DANS
L'AILE EST

96

Chapitre sept

— Ici, déclara Alice B. Dupont le lendemain
matin, à l'École pour aider
chacun à découvrir son don spécial,
nous encourageons nos élèves
à développer leur don spécial.

— Excusez-moi, mademoiselle
Dupont, demanda Apolline,
mais que se passe-t-il si on n'a
pas de don spécial ?

— C'est absurde ! affirma Alice
B. Dupont en riant. Tout
le monde possède un don spécial.
Il faut juste découvrir lequel !

Elle se tourna vers les autres élèves.

— Si nous montrions à Apolline sur quoi nous
avons travaillé jusqu'à présent ?

Dans le hall d'entrée, Brian, le garçon invisible, et son chien Rafistole firent
une démonstration de leur extraordinaire don
pour faire tourner les assiettes.

— Pourquoi n'essaierais-tu pas ? proposa Alice
B. Dupont à Apolline.

Apolline essaya donc…

... mais sans grand succès.

— Ce n'est pas grave ! poursuivit gaiement
Alice B. Dupont. Karkass va aller chercher
un pansement pour monsieur Munroe.

Dans le gymnase,
les deux sœurs Watt,
Orvillise et Wilberta,
firent une démonstration
de leur prodigieux don
pour la composition
aérienne de bouquets.

— Voyons ce que tu peux faire…
suggéra Alice B. Dupont
à Apolline.

Apolline essaya la composition aérienne
de bouquets…

104

… mais ne
réussit qu'à
laisser tomber
les fleurs et perdre
une chaussure.

— C'est sans importance, lança joyeusement
Alice B. Dupont quand Karkass eut bandé
la main de monsieur Munroe. La nature ne peut
pas avoir accordé le même don à tout le monde.

Dans la salle à manger de l'école, la sultane de Pahang fit une démonstration de son fabuleux don pour l'origami sur rideaux.

Apolline essaya… mais
c'était plus difficile
que ça en avait l'air.

Alice B. Dupont hocha la tête et encouragea
Apolline.

— Bravo pour tes efforts, dit-elle. Mais
attention, ma chérie, je crois que tu écrases
un orteil de monsieur Munroe.

Dans la cour de l'école, Cécilie et Bredouille
firent une démonstration de leur don
en croquet attelé.

Apolline et monsieur Munroe essayèrent…

— Bien joué ! applaudit Alice B. Dupont.

— La chance du débutant, intervint Cécilie
en reprenant son maillet et sa boule de croquet.

Elle lança à monsieur Munroe un regard
particulièrement noir.

— De toute façon, les chiens ne sont
pas autorisés à jouer ! ajouta-t-elle.

Dans la salle d'arts plastiques, Newton King, le petit génie, fit une démonstration de ses dons artistiques.

— Newton est le garçon le plus intelligent du monde, expliqua Alice B. Dupont. Il dit que la peinture aide son cerveau à se relaxer.

Apolline essaya
la peinture…

… et monsieur Munroe aida
à porter les pots.

– Oups !
dit Apolline.
– Eh bien,
en tout cas,
estima Alice
B. Dupont,
c'est…
différent.

113

Chapitre
huit

Après le déjeuner, tous les élèves rentrèrent chez eux pour passer le samedi soir et le dimanche matin avec leurs parents. Tous sauf Apolline et Cécilie.

Les parents d'Apolline étaient loin,
à la recherche d'objets à collectionner,
et les parents de Cécilie étaient trop occupés.

— C'est pour Bredouille que je suis triste,
expliqua Cécilie à Apolline cet après-midi-là,
alors qu'elles se promenaient dans le jardin
orné de sculptures modernes. Mes parents lui
manquent terriblement. J'aimerais que l'école
soit finie pour pouvoir le ramener à la maison.

Durant la nuit, Apolline entendit Cécilie pleurer. Elle se leva et, sur la pointe des pieds, alla la voir dans son lit à cinq colonnes.

— Qu'est-ce que tu veux ? demanda Cécilie en séchant ses larmes.

— J'ai un plan, annonça Apolline.

Elle montra à Cécilie l'invitation que l'ours avait glissée dans ses bagages.

— Il est écrit que je peux inviter quelqu'un.

Elles descendirent l'immense escalier
sans faire de bruit. Cécilie raconta à Apolline
que sa mère Cécilie Forbes-Laurence, deuxième
du nom, avait été élève de l'École Alice
B. Dupont pour aider chacun à découvrir
son don spécial et qu'à cette époque,
elle avait découvert un tunnel secret.

— Où ? demanda Apolline en ouvrant en silence
la grande porte d'entrée pour se faufiler dehors.
— Si je te le disais, rétorqua Cécilie, il ne serait
plus secret !

Apolline et Cécilie arrivèrent au Pique-Nique Club et montrèrent leur invitation.

LE
PIQUE-NIQUE
CLUB

Les ours s'y connaissaient pour mettre
de l'ambiance. Apolline et Cécilie dansèrent
le hoquet-coquet du grizzly,
puis le pas de la patte d'ours…

Elles burent un thé sucré
au miel canadien…

Puis elles dansèrent encore… jusque tard
dans la nuit… ou était-ce tôt dans la matinée ?
se demanda Apolline.

Il se mit
malheureusement
à pleuvoir ; les ours
ramassèrent leurs pique-niques
et éteignirent les lumières.
La fête était finie.

Le temps qu'Apolline et Cécilie rentrent
au manoir, une tempête s'était levée.
Des éclairs déchiraient la nuit noire
et le tonnerre grondait.

Les filles remontaient l'immense escalier
sur la pointe des pieds, quand elles entendirent
derrière elles : *Boum boum boum*!

Apolline murmura :

– Dis, Cécilie, tu ne crois pas que ce pourrait
être le cheval des Hammerstein?

– Bien sûr que non! répliqua Cécilie.

Mais Apolline sentit son amie trembler
et lui agripper la main.

Doucement, elles se retournèrent et...

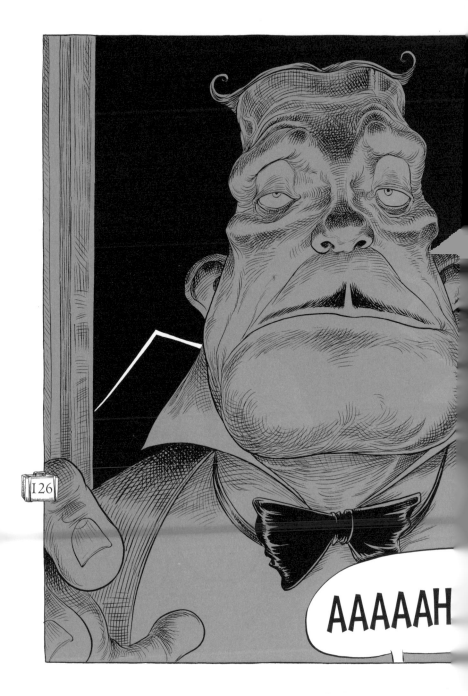

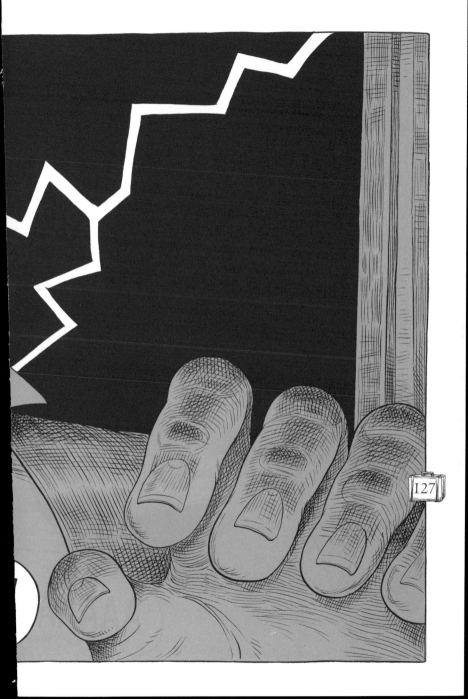

— Désolé de vous avoir effrayées, s'excusa Karkass le majordome. Donnez-moi vos pull-overs mouillés. Je vais vous chercher du lait chaud.

— Vous n'allez rien dire à mademoiselle Dupont ? demanda Cécilie.

— Bien sûr que non, mademoiselle Forbes-Laurence, répondit Karkass.

— Dommage, marmonna Cécilie alors que Karkass se dirigeait vers la cuisine. S'il nous avait dénoncées, nous aurions peut-être été renvoyées.

— Mais je ne veux pas être renvoyée, protesta Apolline en grimpant les marches. Je n'ai pas encore découvert mon don spécial.

Chapitre
neuf

PAR CARAVANE DE DROMADAIRES

Professeur
et professeur Brun
À la Société
des collectionneurs
itinérants

Chers Maman et Papa,

J'espère que vous allez bien. Mauvaise nouvelle : je n'ai pas
encore découvert mon don spécial. D'après M. Munroe,
ma peinture est intéressante, mais je ne le crois pas et, de
toute façon, mon pot de peinture bleue a disparu. Newton
King, le petit génie, a perdu son skate-board et la sultane
de Pahang n'arrive plus à retrouver sa trousse. Dès que
j'aurai découvert mon don spécial, je mènerai l'enquête.

Gros bisous,

A.

PS : Karkass m'a dit que l'herbicide avait disparu
de la cabane de jardin.
PPS : Cécilie a reçu une lettre des secrétaires de ses parents
qui lui disent que ses parents lui écriront dès qu'ils seront
un peu moins occupés.

Une semaine plus tard, par une nuit d'orage…

LE COMTE HAMMERSTEIN ET SON FILS

131

PING-PONG

PAN MACMILLAN

CLIP
CLOP
CLIP
CLOP
CLIP

CLIP
CLOP
CLIP

CLIP
CLOP

CLIP
CLOP

CLIP
CL

DORTOIR
DES FILLES

DORTOIR
DES GARÇONS

134

AAAAAAAAHHH!

CLIP CLOP CLIP CLOP!

Le cri venait de la chambre de Cécilie.

— Regardez! dit-elle en montrant le portrait de sa grand-mère Cécilie Forbes-Laurence, première du nom.

PARTEZ AVANT QU'IL
NE SOIT TROP TARD!

Puis elle s'exclama d'une voix blanche :

— C'est la malédiction du cheval des Hammerstein!

— Mon Dieu! lança Alice B. Dupont
qui, réveillée par le hurlement
de Cécilie, était venue voir
ce qui se passait. Qu'est-ce que
ça veut dire?

— L'école est hantée! s'écria théâtralement
Cécilie. Mademoiselle Dupont, je crois que
vous devriez tous nous renvoyer chez nous!

— Tu as une merveilleuse imagination, ma chère Cécilie, sourit Alice B. Dupont. Retournons nous coucher. Tout semblera plus simple demain, à la lumière du jour.

— Ça m'étonnerait ! pépia Cécilie. Et d'ailleurs, pourquoi est-ce que le chien d'Apolline n'est pas dans l'aile Est ?

Tout le monde se retourna vers monsieur Munroe. Il avait un crayon rouge à la main et à ses pieds se trouvait la trousse de la sultane de Pahang. Il venait de la trouver par terre dans la chambre de Cécilie.

138

— Méchant chien, dit Cécilie en souriant.

— Je suis très déçue, Apolline, gronda Alice
B. Dupont. Tu es responsable de ton animal.
Tu es convoquée dans mon bureau demain
à treize heures pile !

CHAUSSETTES
CANADIENNES
MISES DANS LE
SAC D'APOLLINE
PAR L'OURS

139

Chapitre dix

Le lendemain, à treize heures pile,
Apolline et monsieur Munroe
se présentèrent au bureau d'Alice B. Dupont.

— Comme punition pour avoir gribouillié
sur Cécilie Forbes-Laurence première du nom,
déclara Alice B. Dupont, je veux que tu copies
la phrase : « Je dois mieux surveiller
mon animal de compagnie. »

— Oui, mademoiselle Dupont,
répondit Apolline. Combien de fois ?
— Une seule, décida Alice B. Dupont
en tendant à Apolline une très grande
feuille. Mais en très gros.

JE DOIS MIEUX SURVEILLER MON ANIMAL DE COMP

Apolline et monsieur Munroe étaient dans la salle d'arts plastiques en train d'écrire la phrase en très gros quand monsieur Munroe entendit du bruit derrière la porte.

— Reste où tu es, lui dit Apolline en traçant AGNIE. Je dois mieux te surveiller. Dès que nous aurons fini, nous irons mener l'enquête ensemble.

Un instant plus tard, Brian et Rafistole entrèrent dans la pièce…

— C'est la malédiction du cheval
des Hammerstein, affirma Cécilie qui,
comme par hasard, passait par là. Nous devrions
tous quitter cette école au plus vite.

« C'est donc là que se trouvait mon pot
de peinture bleue », songea Apolline.

— Ne devrais-tu pas apporter ta punition
à mademoiselle Dupont ? s'enquit Cécilie.

Apolline et monsieur Munroe échangèrent
un regard.

Ils partirent ensemble vers le bureau
d'Alice B. Dupont. De la cage d'escalier,
monsieur Munroe aperçut quelque
chose sur la deuxième marche.

— Apportons cette punition,
dit Apolline. Ensuite nous
mènerons notre enquête.

AU SECOURS !
AU SECOURS !

Au même moment,
Newton et Briquébroque
apparurent en haut
de l'escalier…

146

— Mon skate-board !
s'écria Newton.

À LA CLAIRE FONTAINE, M'EN ALLANT PROMENER...

— C'est la malédiction du cheval
des Hammerstein ! lança Cécilie qui,
comme par hasard, passait par là. Nous
ne sommes plus en sécurité dans ce manoir !

Apolline et monsieur Munroe échangèrent
un regard.

147

Apolline et monsieur Munroe s'apprêtaient
à frapper à la porte du bureau d'Alice
B. Dupont quand ils entendirent un cliquetis
provenant de la salle à manger.

Monsieur Munroe regarda Apolline.

– Nous devrions mener notre enquête
maintenant, acquiesça Apolline.

Cécilie qui, comme par hasard, se trouvait là s'écria :

— C'est la malédiction du…

— Oui, je sais, l'interrompit Apolline, du cheval des Hammerstein.

— Ça va être de pire en pire ! prévint Cécilie.

Au moment où monsieur Munroe découvrit les cisailles de jardin cachées sous une chaise, deux cris perçants s'élevèrent.

Apolline et monsieur Munroe partirent en courant vers le gymnase.

— C'est la malédiction du cheval des Hammerstein ! cria Cécilie derrière eux.

Monsieur Munroe brandit
la bouteille d'herbicide
qu'il avait trouvée dans
un coin du gymnase.

— Le cheval des Hammerstein
est allé trop loin, dit Apolline
à monsieur Munroe.
Tu ne crois pas ?
Monsieur Munroe
acquiesça.

— Que se passe-t-il
ici ? demanda Alice
B. Dupont.

Les élèves lui répondirent :

— Nous avons peur. L'école est hantée.

Alice B. Dupont émit un rire cristallin.

— Mais, dit-elle, les fantômes de cette école sont tous très gentils. Je ne les aurais pas autorisés à rester ici si ce n'était pas le cas. Laissez-moi régler cette affaire. Je suis sûre qu'il n'y aura plus aucun problème.

— S'il y a des fantômes, déclara Cécilie d'une voix ferme, nous devrions tous demander à nos parents de venir nous chercher.

Tous les élèves acquiescèrent sauf Apolline.

Alice B. Dupont laissa à tout le monde l'après-midi pour réfléchir.

— Vous prendrez votre décision demain matin, annonça-t-elle. Après une bonne nuit de sommeil.

— À mon avis, le fantôme n'a pas l'intention de nous laisser dormir, dit Apolline à Cécilie. Qu'en penses-tu ?

La journée s'écoula lentement…

APOLLINE AIMAIT BROSSER M. MUNROE QUAND ELLE CONCEVAIT DES PLANS HABILES.

CÉCILIE AIMAIT BROSSER BREDOUILLE AVANT DE JOUER AU CROQUET ATTELÉ.

CARNET D'APOLLINE

PLAN HABILE

M.M.

Il fut enfin l'heure
d'aller se coucher.

155

Tous les élèves s'installèrent dans le lit
à cinq colonnes de Cécilie.

— Si nous ne quittons pas l'école d'Alice
B. Dupont demain, déclara Cécilie en souriant,
nous serons tous MAUDITS !
— On verra ça, murmura Apolline.

PORTE DE DERRIÈRE

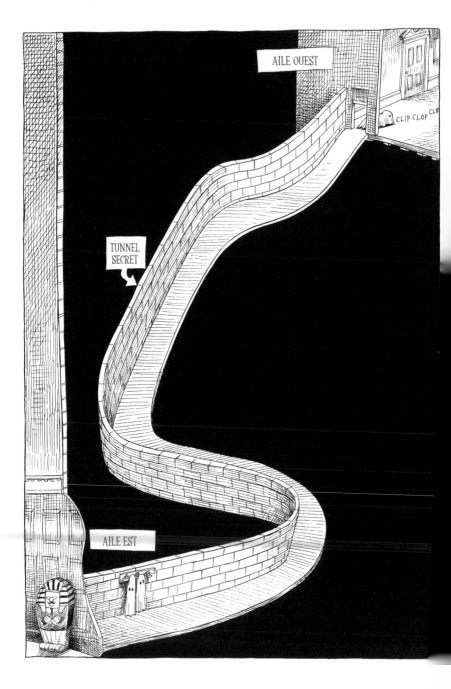

— J'entends quelque chose, murmura Newton.

— Moi aussi, chuchota Brian.

— J'ai peur, susurra Orvillise.

— Moi aussi, renchérit Wilberta.

— Le fantôme arrive, trembla la sultane de Pahang.

— Je vous avais prévenus, dit Cécilie. Pas vrai, Apolline ?... Apolline ? Apolline ?...

DORTOIR
DES FILLES

DORTOIR
DES GARÇONS

161

Soudain une lumière s'alluma…

... un filet tressé
de fleurs tomba...

... et le fantôme
fut savamment
empaqueté dans
un papier.

— Tout va bien, dit Apolline aux élèves
de l'école d'Alice B. Dupont. Il n'y a rien
à craindre. Montre-leur, monsieur Munroe.
Monsieur Munroe s'approcha du paquet.

Il l'ouvrit, coupa
le filet de fleurs
et ôta le drap blanc.

— Bredouille ! s'exclama Alice B. Dupont
qui était venue voir ce qui se passait.

Le lendemain matin, Alice B. Dupont convoqua les élèves à une assemblée spéciale.

— Félicitations, Apolline, commença-t-elle. Tu as découvert ton don spécial.

— C'est vrai ? s'étonna Apolline.

— Eh oui ! confirma Alice B. Dupont en accrochant un badge au revers de sa veste.

ÉCOLE ALICE B. DUPONT

DONS SPÉCIAUX DES ÉLÈVES

NEWTON KING : PEINTURE DE ROBOT

LA SULTANE DE PAHANG : ORIGAMI DE RIDEAUX

BRIAN INVISIBLE : ASSIETTES TOURNANTES

ORVILLISE ET WILBERTA WATT : COMPOSITION AÉRIENNE DE BOUQUETS

CÉCILIE FORBES-LAURENCE : CROQUET ATTELÉ

APOLLINE BRUN

M. MUNROE AUSSI REÇUT UN BADGE

LE BADGE D'APOLLINE

ÉCOLE ALICE B. DUPONT
REPÉRAGE DE FANTÔMES
DONS SPÉCIAUX DES ÉLÈVES

168

Apolline regarda le badge.

— Je n'y serais jamais arrivée sans un plan habile, déclara-t-elle, et l'aide de mes amis.

Elle jeta un coup d'œil à Cécilie qui semblait désolée et honteuse, puis elle se haussa sur la pointe des pieds pour chuchoter quelque chose à l'oreille d'Alice B. Dupont.

Alice B. Dupont écouta attentivement et hocha la tête lentement.

— Tu as raison, dit-elle en tapotant l'épaule d'Apolline. Tu as vraiment un don, ma chère.

PAR BATEAU À RAMES ET À VAPEUR

Professeur
et professeur Brun
À la Société
des collectionneurs
itinérants

Chers Maman et Papa,

L'école n'est pas hantée par le cheval
des Hammerstein. C'était juste une histoire inventée
par Cécilie. Elle avait tellement envie de rentrer
chez elle. Mais maintenant, elle est désolée d'avoir
causé tous ces problèmes.
Alice B. Dupont la renvoie à la maison avec
son bulletin. J'ai hâte de vous montrer le mien.

Gros bisous,

A.

PS : J'ai découvert mon don spécial !
M. Munroe m'a aidée. Il vous embrasse aussi.

ALICE B. DUPONT  BULLETIN

NOM : .... M. eT MMe ForBeS-LauReNCe II ....

MATIÈRE	NOTE	COMMENTAIRE
HISTOIRE DU SOIR	B–	VOUS RaCONTeZ TOUS LeS DeUX De TRèS BeLLeS HISTOIReS QUaND VOUS N'êTeS PaS TROP OCCUPéS.
RÉPARTITION DU TEMPS	D	PaS aSSeZ De TeMPS PaSSé aVeC CéCILIe. VOUS DeVeZ MIeUX FaIRe.
VACANCES	F	VOUS DeVeZ PReNDRe PLUS De VaCaNCeS aVeC CéCILIe. TRèS DéCeVaNT.
JEUX ET PARTIES DE RIGOLADE	F	PaS aSSeZ De JeUX NI De PaRTIeS De RIGOLaDe PaRCe QUe VOUS êTeS TROP OCCUPéS. VOUS DeVeZ VOUS aPPLIQUeR.
DÉVELOPPEMENT PERSONNEL	C–	CéCILIe PeNSe QUe VOUS aVeZ TOUS LeS DeUX DU POTeNTIeL. IL FaUT CHaNGeR D'aTTITUDe.

COMMENTAIRE GÉNÉRAL

TRèS DéCeVaNT. MaIS CéCILIe PeNSe QUe VOUS POUVeZ TOUS LeS DeUX VOUS aMéLIOReR SI VOUS VOUS aPPLIQUeZ. NOUS eSPéRONS QUe VOUS FeReZ MIeUX à L'aVeNIR.

aLICe B. DUPONT
....
ALICE B. DUPONT, DIRECTRICE

Le lendemain, une grande et belle voiture remonta l'allée de l'école. M. et Mme Forbes-Laurence en sortirent. Karkass les accompagna jusqu'au bureau d'Alice B. Dupont.

Quand ils ressortirent, M. Forbes-Laurence était tout rouge et Mme Forbes-Laurence avait les larmes aux yeux. Ils serrèrent très fort Cécilie dans leurs bras.

— Profitez de ces longues vacances tous
ensemble, leur lança Alice B. Dupont en agitant
la main. Au trimestre prochain, Cécilie.

— Au revoir, Cécilie, dit Apolline. On se verra
pendant les vacances !

— Rendez-vous au bassin des tortues, répondit
Cécilie en souriant, dans le jardin ornemental
du parc Petigros.

Monsieur Munroe donna à Bredouille
un gâteau qu'il avait gardé exprès pour lui.

– J'aime bien Cécilie, déclara Apolline.
C'est ma deuxième meilleure amie !

Monsieur Munroe ne dit rien. Il se contenta
de serrer la main d'Apolline dans la sienne.

ÉCOLE ALICE B. DUPONT

ASSISTANT POILU

A   D

DON SPÉCIAL

LE BADGE
DE
M. MUNROE

Cet ouvrage a été réalisé par les Éditions Milan
avec la collaboration de Claire Debout.
Maquette : Bruno Douin (couverture) et Graphicat (intérieur)

Achevé d'imprimer en Italie par Rotolito
Dépôt légal : 1er trimestre 2011

GUIDE DES FANTÔMES DE L'ÉCOLE

HUMPHREY
SANS-TÊTE

IL AIME LIRE
ET SE LAISSER
GLISSER SUR
LA RAMPE.

MOLLY
TOILDARAIGNÉE

EXPLORE LES
PETITS COINS
PLEINS DE TOILES
D'ARAIGNÉES ET
SE CACHE DANS
LES RIDEAUX
POUSSIÉREUX.

LA JOYEUSE
FEMME
DE CHAMBRE

ÉPOUSSETTE
DERRIÈRE
LA LICORNE
CABRÉE.

STANLEY
ACCRINGTON

AMOUREUX
DE LA SIRÈNE
CHERCHEUSE.

LE DUC
DANSANT

EXÉCUTE
UN PAS DE DANSE
AU SON DE
LA FLÛTE D'UN
MÉNESTREL
ÉLIMÉ.

LE CHEVALIER
BLANC

PORTE
UNE ARMURE
DIFFÉRENTE
TOUTES
LES NUITS.

LE CAPITAINE

AIME
LES CORNICHONS
DE POMÉRANIE.

LA DUCHESSE
RIEUSE

MIROIR,
MIROIR SUR
LE MUR.
C'EST LA PLUS
DRÔLE DE TOUS.
C'EST SÛR.

LES FANTÔMES DE L'ÉCOLE D'ALICE B. DUPONT
SONT TRÈS GENTILS.
LES AVEZ-VOUS TOUS REPÉRÉS ?